A triste história
de Barcolino
o homem que não sabia morrer

VOZES DA ÁFRICA

LUCÍLIO MANJATE

A triste história de Barcolino
o homem que não sabia morrer

kapulana

São Paulo
2017

Copyright©2017 Editora Kapulana Ltda.
Copyright do texto©2017 Lucílio Manjate

A editora optou por manter a grafia em vigor em Moçambique, observando as regras do Acordo Ortográfico da Língua Portuguesa de 1990.

Coordenação editorial: Bruna Pinheiro Barros
Projeto gráfico e capa: Amanda de Azevedo
Ilustrações: Amanda de Azevedo

Dados Internacionais de Catalogação na Publicação (CIP)
(Câmara Brasileira do Livro, SP, Brasil)

Manjate, Lucílio,
   A triste história de Barcolino, o homem que não sabia morrer / Lucílio Manjate. -- São Paulo: Editora Kapulana, 2017. -- (Série Vozes da África)

ISBN: 978-85-68846-24-7

1. Ficção moçambicana (Português) 2. Literatura africana I. Título II. Série.

17-03517

Índices para catálogo sistemático:
1. Ficção: Literatura moçambicana em português   869.3

2017

Reprodução proibida (Lei 9.610/98).
Todos os direitos desta edição reservados à Editora Kapulana Ltda.
Rua Henrique Schaumann, 414, 3º andar, CEP 05413-010, São Paulo, SP, Brasil.
editora@kapulana.com.br – www.kapulana.com.br

Apresentação.. 07

Histórias de bela tristeza
por Elena Brugioni.. 09

Prólogo.. 15

1. Magumba assada.. 19
2. Barcaças à matroca.................................... 21
3. Na Parte Incerta.. 25
4. Uma triste estação..................................... 29

1. *Cantarina*.. 35
2. *Mestre Turudjana*..................................... 39
3. *Dona Cantarina, a virgem*......................... 43
4. *José Adeus*... 49
5. *Alfredo, o impróprio*................................. 55

Epílogo.. 63

Vida e obra do autor..................................... 65

Apresentação

A triste história de Barcolino, o homem que não sabia morrer, inédita narrativa com lançamento em terras brasileiras, é a mais recente obra de Lucílio Manjate, escritor moçambicano, com livros publicados desde 2006.

Conhecemos o autor e sua obra, aos poucos, desde 2012. Primeiramente, pelas palavras de Francisco Noa, estudioso de literatura moçambicana, que, em *Perto do fragmento, a totalidade: olhares sobre a literatura e o mundo*, coletânea de apresentações orais e escritas, reproduz a apresentação que fez ao livro de Lucílio, *O contador de palavras* (2012). Mais tarde, em maio de 2015, Noa nos recomendou o escritor, referindo-se a ele como "um dos jovens mais promissores da literatura moçambicana. A narrativa é o forte dele, entre o conto e a novela".

Ainda em 2015, tivemos a oportunidade de conhecê-lo pessoalmente em Maputo, e entendemos, naquele momento, que o processo de criação narrativa de Lucílio Manjate é permanente, contínuo, reflexivo. Além dos textos já publicados, tinha ele um texto em revisão. E outros em gestação.

Em março de 2016, Lucílio surpreendeu-nos ao nos enviar um conto infantil, *O jovem caçador e a velha dentuça*, reconto de uma narrativa oral moçambicana, que ele, quando criança, ouvia de sua mãe.

Em dezembro de 2016, nova surpresa: recebemos a primeira parte de *A triste história de Barcolino, o homem que não sabia morrer*, prenúncio da versão completa desse inquietante livro que ora ofertamos ao leitor brasileiro.

A editora Kapulana agradece a Francisco Noa, que nos apresentou Lucílio Manjate. A Elena Brugioni, autora do emocionante prefácio "Histórias de bela tristeza", e a Amanda de Azevedo que, com seus finos traços, ilustra este livro.

São Paulo, 04 de março de 2017.

Histórias de bela tristeza

Elena Brugioni
Professora de Literaturas Africanas
Depto. de Teoria Literária
Universidade Estadual de Campinas - Unicamp

Conheci pessoalmente Lucílio Manjate em novembro de 2008 aquando da minha primeira ida a Moçambique, numa Maputo chuvosa e abafada em véspera de eleições. Lembro-me com muito gosto de uma interessante e demorada conversa, acompanhada por várias Laurentinas e outras tantas gargalhadas, na esplanada da AEMO (Associação dos Escritores Moçambicanos), onde com o Lucílio conversei longamente sobre literatura moçambicana, ouvindo suas opiniões em torno de projetos, inquietações e ideias que marcavam os jovens escritores moçambicanos que dinamizavam a AEMO, procurando nos caminhos da escrita um rumo para o futuro.

Desde aquela primeira conversa, outros encontros seguiram-se ao longo dos anos; o mais recente em outubro de 2015 em Portugal, onde partilhamos uma bela mesa-redonda por ocasião do Congresso de Comemoração dos 40 anos da Independência de Moçambique, na Universidade de Lisboa. Nesta última ocasião, enquanto ouvia a fala do colega e escritor, cuja obra literária tinha vindo a acompanhar ao longo dos anos, apercebi-me de como o jovem que conhecera naquela tarde de novembro em Maputo tinha-se tornado um crítico fino e engajado cujas reflexões em torno da nova geração de escritores moçambicanos — sobretudo a propósito do recente trabalho por ele organizado, *Antologia Inédita – Outras vozes de Moçambique* (Alcance, 2014) — despertaram um intenso debate, dando assim um contributo significativo para a homenagem que Moçambique e a sua literatura mereciam naquele evento.

Ocorreu-me contar aqui a breve história do meu encontro com o Lucílio Manjate pois esta parece-me corresponder ao próprio percurso que o escritor tem vindo a apresentar ao público. Um trajeto literário que vem ganhando cada vez mais maturidade, fôlego e engajamento, oferecendo ao leitor o encantamento que se espera das histórias que, como se lê neste *Barcolino*, nos levam ao mundo perdido e imaginado da infância, "o tom da memória e do sonho" (p. 29). Aliás, *A triste história de Barcolino, o homem que não sabia morrer*, obra inédita lançada no Brasil pela Editora Kapulana, é um livro que, por inúmeras razões, despertará o interesse de quem procura outros enredos e imaginários, outras formas de ver, escrever e lembrar.

No entanto, devido aos ossos do ofício, isto é aos rumos que as minhas pesquisas sobre a literatura moçambicana vão seguindo, devo confessar que o que mais me intrigou nesta história de "bela tristeza" foi, para além da habilidade e da cortesia da sua prosa, sem sombra de dúvida o lugar da sua ambientação. A *Costa do Sol* e o *Bairro dos Pescadores*, onde a cidade de Maputo se junta às águas mansas e densas de mistério do Índico, são os cenários de um enredo todo centrado à volta de Barcolino, "engenhoso pescador", "homem mais do mar de que da terra" e "conhecedor da fúria de Adamastor" cuja história, atravessando *bares, bairros e quintais*, transtorna os moradores e confunde os turistas. Pano de fundo insólito construído em torno de um imaginário marítimo que dentro da literatura moçambicana institui-se habitualmente como território sobretudo poético, espacialmente deslocado no norte do país — na Ilha de Moçambique, sobretudo — e que o autor resgata e habita de sonhos que se tornam histórias e de um quotidiano convivial — feito também de lazeres e excessos — num desencontro entre vivência e imaginação de indubitável originalidade narrativa. Este mesmo Índico que vem ganhando cada vez mais peso nas obras dos prosadores moçambicanos de diversas gerações encerra e (re)significa os mistérios e as contradições da triste história de Barcolino, numa viagem inesperada entre o mar e a terra onde a imaginação transforma os sonhos em realidade, levando o leitor pelas *partes incertas* de outras existências.

São Paulo, 02 fevereiro de 2017.

Para
Márcia Manjate,
a quem devo o tempo da escrita.

Prólogo

Quem conheça o Bairro dos Pescadores, mesmo depois da praia da Costa do Sol[1], sabe da triste história de Barcolino.

Barcolino! Homem mais do mar que da terra, engenhoso pescador de quem se conta, entre factos e populares desafetos, que em dias de má onda e infalíveis naufrágios fundeava a chalupa no alto mar e ajoelhado no barco, os braços enormes ancorados nas águas turbulentas, desatava uma monodia de se ouvir nos casebres ao longo da costa. Enquanto as águas não serenavam, dominudos pela agoirenta tristeza, as mulheres atiravam-se às dunas da praia hasteando aos maridos os lenços da morte e rezavam à Ondina que as livrasse da viuvez, pois dizia-se que um velho Adamastor, muito ciumento e rezingão, e há muito cansado dos poderes de Barcolino, bastava o homem fazer-se ao mar, tragava o incauto pescador que nos seus domínios navegasse.

É o maluco do Barcolino, desta vez nem ele se safa, diziam na praia vendedeiras de magumba[2] assada a banhistas incrédulos sempre que a canção chegava com as turbulentas ondas. De súbito, iscadas pela voz do triste pescador, garoupas e tainhas, magumbas e carapaus saltavam para o Boa Esperança até a chalupa transbordar, quase mesmo a naufragar. Conhecedor da fúria de Adamastor, Barcolino, por sua vez, saltava ao mar, alçava aos ombros espadaúdos um cabo de boça preso ao cabeço da embarcação e a braçadas apenas memoráveis entre lendários marujos, dava à praia onde mulheres de olhos desorbitados ou admiravam a inacreditável pescaria ou choravam a morte dos seus maridos.

---

1   Costa do Sol: praia da cidade de Maputo, capital de Moçambique.
2   magumba (pl.), gumba (sing.): peixes semelhantes às sardinhas.

Esta história ganhou curiosidades doentias. Atravessou quintais e bares, bares e bairros, até que um dia chegou à Costa do Sol um jornalista de graça Alexandre Chaúque. Vinha da Província da Boa Gente só para ouvir das muitas viúvas a triste história de Barcolino, que o mesmo é dizer dos seus maridos. Perguntado sobre o seu interesse, tão longínquo, nas suas dores, o jornalista de cabeça alva, corpo delgado, sotaque guitonga[3] e gesto camaleónico, disse muito respeitoso:

"O mundo precisa de uma bela tristeza."

Foi assim que a história de Barcolino chegou à média e eu, depois de a ler, decidi escrevê-la, a única forma de regressar à infância.

---

3   guitonga (ou bitonga): língua bantu, da província de Inhambane, Moçambique.

Os do bairro por nada ignoravam a morte, sabiam só a eles tocar. Queriam mesmo era matá-lo imediatamente e cada um à sua vez.

1
Magumba assada

Assim a história de Barcolino chegou à média: mais verosímil que testemunhada. De modo que atraiu turistas locais e estrangeiros. Nem os apelos do Município, nem as advertências da associação dos médicos tradicionais conseguiram esquivar os avisados perigos.

Para o Município, o Bairro dos Pescadores não reunia condições sanitárias para receber tanta gente. Viria a cólera, a malária, o fecalismo a céu aberto e teriam ainda que lidar com um atentado ao pudor jamais visto ao longo da praia, fora ou dentro das águas, homens e mulheres entregando-se a orgias intermináveis.

Os médicos tradicionais, por sua vez, garantiam que aquelas enchentes acabariam por atrair tubarões sedentos de sangue humano para alimentar os cursantes da arte do curandeirismo, homens, mulheres e crianças hospedados nas profundezas do Índico.

Mas ninguém cedia, todos ouvidos moucos. Quanto mais os avisos, banhistas, locais e estrangeiros, chegavam e pagavam avultadas somas a quem, em nome do Município, interditava braçadas nas léguas proibidas, pois somente no alto mar poderiam testemunhar a turbulência das águas, o exato momento em que elas se zangariam e então poderiam ver os braços enormíssimos do pescador afagando o monstro. E garantiam, os curiosos, não haveria problema nenhum, eram maiores e vacinados, o que lhes dava o direito de morrer a perder aquele milagre da natureza, e mal o monstro se zangasse e vissem aqueles braços enormes de Barcolino, maiores que o próprio *Boa Esperança*, sairiam quais golfinhos, pois não fosse a experiência em natação e o homem do Município não os tinha ali.

Hotéis abarrotaram. Quartos e casas inteiras foram arrendados por tempo indeterminado. Ao longo da praia levantaram-se tendas e montou-se equipamento cinematográfico. Era preciso registar não só a triste canção do pescador ou a oração das mulheres prestes a perderem os maridos, como as braçadas do próprio Barcolino dando à praia com o *Boa Esperança* aos ombros, a abarrotar de garoupas e corvinas, tainhas e carapaus.

Passou um verão inteiro sem o caso novamente. Barcolino também desapareceu nesse verão. Nunca mais foi visto entre os pescadores ou na *Parte Incerta*, que frequentava religiosamente.

— Vai ver foi de vez.

— Desistir as mortes?!

— Pode ser cansou-se.

— Arrependido?!

— Cansado, ou talvez.

— Duvido.

— Capaz então estar a preparar o inverno.

— Duvido.

— Você duvida maningue[4]. Então já mataram.

— Matar quem, Barcolino?!

— Sim.

— Duvido.

— De novo?!

— Epá, pra já *sai uma magumba assada*, como dizia Barcolino.

— Sim, senhor, uma magumba assada a sair...

---

4   maningue: muito (do Inglês, many).

2
Barcaças à matroca

O mundo desesperava, as tendas cambadas e abandonadas, a imitação dos olhares cansados sobre as águas do mar, quando as ondas do inverno trouxeram, ainda distante, a canção plangente de Barcolino. A madrugada acordou:
— É o maluco do Barcolino, o sacana ainda não morreu. Mas desta vez nem ele se safa.
O bairro pegou nos candeeiros Petromax e saiu à rua. O curioso é que ninguém sabia de onde o pescador tinha desaparecido para de repente aparecer no mar. Durante o verão ninguém o vira no mar ou fora dele. Há quem diga, entretanto, que quando chegaram as madrugadas enevoadas daquele inverno, era possível distinguir nas águas uma sombra de proporções apenas comparáveis a monstros marinhos. O certo é que foram sempre escassos os testemunhos, pois com o frio, poucos atreviam-se a espreitar o mar. Sabe-se, dessas poucas vozes, que Barcolino já cantara uma primeira vez e que de seguida, no local do monstro, as águas agitaram-se tumultuosas. Mas aqui discordavam. Na voz do Secretário do Bairro, decidido a acabar com a balbúrdia, uma vez desaparecido todo o verão, não podia ser o pescador a cantar nas águas, mas o próprio Adamastor. Aqui os pescadores aproximaram os candeeiros e iluminaram as faces do homem:
— Mas o senhor nem pesca: quando viu esse Damastor?!
— Ver, de facto, só viu quem morreu. Mas eu acredito! Aprendi a história desse homem.

– E qual é essa história que o chefe aprendeu?
O Secretário do Bairro não deu mais explicações, mas insistiu no mito. Que Barcolino nem a cantar se atrevia, tais dons pertenciam à mulher. Que tudo sobre o pescador era fantasia. Que desaparecido há tanto tempo, certamente emigrou para as minas da África do Sul, pois durante o princípio do verão andava maningue com o tio Desde, o pai da mulher.
Concordaram todos os candeeiros, iluminados:
– Isso é verdade.
– Sim... esse Desde também fugiu nas minas e deixou a filha maluca...
– Mas então vai ver já voltaram com as mortes.
– Os dois, ambos?!
– Exatamente.
– Epá, se Barcolino voltou é caso de morte, mas pra de vez.
– Vamos apanhar o gajo!
– Vamos!
O bairro ignorou o Secretário e procurou Barcolino horas a fio, entre casarios e carenas, convés e nos próprios casebres, tivesse o pescador regressado das minas e bebido até esquecer a saudade do mar. Mas depois festejaram, todos acordados:
– É verdade, o chefe tem razão, é o Damastor...
– Sim senhor, cá se faz, cá se paga.
– Morreu nas minas.
– Aqui o gajo vivia ameaçando-se de morte, mas no *Jone*[5] não se brinca.
– Era feiticeiro, bom feito!
– Bom mesmo! Onde já se viu homem virar peixe?

---

5   Jone, Joni: minas do Rand no Transvaal (Joanesburgo, África do Sul).

– Caramba! Vai ver as magumbas que o gajo comia somos nós!
– Vai ver não, somos nós, sim senhora.
– É isso mesmo, comadre: meu filho agora só come as vacas...
– E o meu, compadre!... Sonha sempre o pai tem cabeça de pargo.

Entretinha-se o bairro nestas histórias, quando de repente ouviu-se, uma vez mais, a canção do triste pescador. O canto ouvia-se agora perto e apertou o coração das mulheres. Os homens arregalaram os olhos e iluminaram-se todos, o Petromax pendente nas mãos trémulas:

– Esse canto é da terra...
– É verdade, no mar não está..

As mulheres, sem darem ouvidos aos homens, começaram a carpir a acostumada reza à Ondina, que as livrasse daquele infortúnio.

Quando o sol finalmente abriu as pálpebras, o bairro decidiu procurar novamente por Barcolino e matá-lo antes que a morte arrebatasse mais alguém da família dos Pescadores. Na verdade, não havia aqui consenso. Os poucos turistas, que haviam resistido ao rigor dos primeiros meses daquele inverno, ignoravam o perigo da morte, queriam, mas é, perguntar-lhe como conseguia cantar de modo que fosse ouvido do alto mar; a razão daquele marulhar; que braços eram os seus e como embalavam o monstro Adamastor; como conseguia encher o *Boa Esperança* de tanto peixe e depois trazê-lo aos ombros e muito à vontade.

Os do bairro por nada ignoravam a morte, sabiam só a eles tocar. Queriam mesmo era matá-lo imediatamente e cada um à sua vez.

Procuraram-no, cada grupo à sua maneira, mas nada de Barcolino. Do alto mar ouviu-se, pela terceira vez, o canto da desgraça. As mulheres desassossegadas viram as ondas chegarem também assustadas. Abandonaram as rezas e lançaram-se às águas até aos tornozelos e agitaram os lenços da morte aos maridos na pesca desde o dia anterior, longe de saberem que os pescadores, muito preocupados com o agitar das águas, perigo de naufrágio, não as podiam ver, tão pouco as podiam ouvir, nem a elas, nem a canção de Barcolino. O que ninguém percebia, tão pouco as mulheres, é que quanto mais agitavam os lenços da morte, mais as ondas se revoltavam.

O desespero não respeita sabedorias. Tiveram a ideia e saíram alguns homens, mulheres e jovens. Pescaram os velhos do bairro, cuja existência era já esquecida. Colocaram-nos, muitos, amarrados em redes ao longo da praia. Que a morte os colhesse primeiro e assim evitassem a morte de crianças e de pais, chefes de famílias enormes por sustentar.

Enquanto os velhos não fossem levados pelas ondas cada vez mais revoltosas, Barcolino era procurado. No mar, os homens não queriam procurar, certos de que Barcolino cantava de um canto terreno. Talvez por isso não deram conta das barcaças aparecidas. Foi um grito estranho que os despertou. Grito de morte, a criança que o deu morreu nos braços da mãe, a boca grudada ao peito da senhora. No estranhamento da aparição, a mãe nem se apercebeu que a recém-nascida perdera a vida.

Em número igual aos pescadores nas águas, as barcaças, vindas do alto mar, navegavam à matroca e davam à praia atulhadas de garoupas e corvinas, serras e pargos. O bairro, à contra vontade, mas incrivelmente unânime no negócio promissor, desatou a desacostumada canção do pescador e assim ficou registado na memória do bairro que Barcolino desaparecera no inverno, estação da sua suposta morte. Uma morte obviamente suposta, pois nem eu, nem os outros residentes do bairro, muito menos o leitor pode testemunhar essa morte. E isto deve-se aos casos seguintes.

3
Na Parte Incerta

A partir desse inverno, uma vez por ano, Barcolino reaparece, tal como desapareceu, assim, de um canto qualquer do bairro. Mas era costume ver o pescador na *Parte Incerta*, como da última vez.

Surgiu do nada para espanto de todos, tirando os homens de gravata e sapatos lustrados que à *Parte Incerta* acorriam para embriagar as agruras da vida, longe das suas mulheres, sabido que ali, como em parte alguma da capital, as redes de telefonia móvel perdiam-se entre si: *"Neste momento, ainda não é possível estabelecer a ligação que deseja... please, try again later!"*

A aparição criou muita agitação no bairro, pois achando-o a conversar amistosamente com um jovem desconhecido no bar, Manuelito, afilhado de batismo do pescador, o cumprimentou:

— Tio Barco!
— Olá, Manuel, tás bom?
— O senhor ainda está vivo?!
— Como assim, ainda?!
— O senhor afinal não faleceu?!
— O que você acha? — respondeu Barcolino, olhando o fundo dos olhos do afilhado, e sorria com uma ironia cadavérica. Estava magro, mais alto e muito escuro.

— É por isso que as nossas leis não funcionam — disse para Barcolino o jovem estranho e concluiu: — Como é que este jovem te reconheceu?

Manuelito não esperou ouvir a resposta de Barcolino ao

desconhecido visivelmente embriagado, saiu disparado do bar e enquanto não chegava à casa de D. Cantarina, ia gritando "Barcolino voltou, está na *Parte Incerta*, rápido!".

O bairro todo acorreu ao bar e achou Barcolino sentado, agora sozinho, num canto remoto. Olhava sem pressa o copo de cerveja impaciente sobre uma pequena mesa de madeira. Havia, sobre a cabeça do aparecido, uma lâmpada de muita luz.

— Barcooooo! — gritou D. Cantarina à entrada do bar.

— Sim... — respondeu devagar, levantando a cabeça para a multidão que o cercava, mas sem conseguir distinguir a dona da voz.

— Voltaste?!

— Da onde?

— Donde estavas...

— Se voltei, já estou cansado, aqui vejo muitas perguntas. Agora quero voltar daqui.

O bar todo admirou. Aquele homem era um morto disfarçado de vivo ou o inverso?

— Mas existe um morto assim, de carne e osso? — perguntou o dono da *Parte Incerta*.

Riram os estrangeiros do bar, os que tinham apertado a mão do pescador quando souberam que era adepto ferrenho do Ferroviário[6] e um incondicional benfiquista. A luz, sobre a cabeça do pescador, era um espanto!

D. Cantarina pediu mais espaço e colocou-se bem à frente do marido, as mãos na cintura, ofegante:

— Estavas aonde?

— Interessa?

— Sou tua mulher, eu, não esquece...

---

6   Ferroviário: tradicional time de futebol de Maputo, Moçambique.

— Ainda?!
— Ainda o quê?
— Minha mulher?!
— O que achas?
— Eu não sei. Só preciso voltar. Me deixa voltar.
— Não queres ficar?
— Ficar é difícil.
— Difícil?! Porquê?
— Ficam os mortos.
— E tu?
— Eu o quê?
— És o quê?
— Sou eu, o Barco.
— O meu Barco?!
— Alguma vez foste minha, Cantarina?
D. Cantarina não respondeu, não queria despir-se à frente do bairro.
— Estás morto ou vivo?
— Estou eu.
O dono do bar zangou-se. — Você Barcolino não me lixe o negócio, você veio aqui beber, assunto de morto é no cemitério.
— É isso mesmo, João — disse Barcolino.
— O quê? — perguntou D. Cantarina.
— Me enterra na Lhanguene[7]. Quero um funeral.
— Lhanguene fechou, marido.
— Arranja maneira, Cantarina.
— Esse negócio é com o Conselho Municipal, disse uma voz de trás.

---

7   Lhanguene: Cemitério da Lhanguene (Maputo, Moçambique).

– Não quero saber, é bom me enterrarem lá...
O medo desta ameaça abriu-me os olhos para algo que mais ninguém parecia ver no bar, a sombra de Barcolino. O pescador tinha perdido a sombra, deve ser mesmo um morto! Ainda pensava nisto quando o vi levantar-se, preguiçoso. Arrastou os pés e os braços cansados, deu três passos. O bairro, esquecido de o matar, abriu alas. Os ombros entroncados vergavam, pareciam carregar o peso das mortes. Recordei-me das vozes da infância, Barcolino lutava com o Adamastor, Barcolino atrelava o *Boa Esperança* atolado de peixe. Talvez por isso, por me ter recordado, Barcolino estacou, olhou-me nos olhos e colocou os braços enormes nos meus ombros.

– Vou dormir na tua casa.

Estremeci.

– Não queres dormir comigo? – perguntou D. Cantarina.

– Só queres dormir comigo depois de morto?

O mundo espantou-se, começaram murmúrios. Que assunto era aquele? Afinal não dormiam juntos? O que se passa neste casal?

D. Cantarina não respondeu. Era a segunda vez que o pescador insinuava desafetos, sobre os quais o leitor só saberá nos próximos capítulos.

– Está bem – disse Cantarina, e concluiu: – Amanhã venho-te enterrar.

Alguém perguntou se não era preciso matar o homem, primeiro.

– Esse não precisa mais nada...

– Preciso – antecipou-se Barcolino, resoluto: – Alguém me dá uma magumba, uma magumba assada?

O bairro riu-se, desistido de discutir a sua morte. Sim senhor, é o Barco! É o nosso Barcolino! Não há problema, amanhã vamos enterrar o gajo. E a magumba que ele pediu? É brincadeira, os mortos não comem peixe.

4
Uma triste estação

Naquela noite levei Barcolino à minha casa. É óbvio que estava com medo, como se hospeda um morto? Mas aquele não era um morto qualquer, não era um morto desconhecido. Era o tio Barcolino. De repente percebi, o tio tinha muita idade, as histórias dele aprendi com a minha mãe. É isso, diante de Barcolino eu era criança. Tivesse eu idade, Barcolino sempre me devolvia a infância. Por isso escrevo a sua triste história com este tom pueril, o tom da memória e do sonho. Certamente o leitor já se apercebeu. Na verdade tento manter o equilíbrio. É um pouco isto que Barcolino nos faz, a todos residentes do bairro. Diante do pescador, perdemos o tom grave da vida adulta. Eu tinha muita curiosidade, mas não me atrevia a perguntar, por isso prosseguíamos sem palavra. Os mortos devem se habituar ao silêncio, dizia a minha avó quando atravessávamos o cemitério familiar, no Bairro Luís Cabral. Por isso, para o tio Barcolino, estar entre vivos e continuar calado devia ser muito triste. Senti pena dele. Devia querer uma conversa, mas eu tinha medo. Por isso caminhamos mesmo em silêncio e a minha casa nunca foi tão distante como naquela noite. Será que Barcolino adiava a chegada para haver uma saudosa conversa?

Chegamos.

Ainda não tinha aberto a porta quando o homem pediu um espelho. Estranhei.

– Desde que cheguei ainda não me vi – explicou.

Fomos à casa de banho.

Diante do espelho, tive um susto de morte. O homem ao meu lado, de carne e osso, era a própria magumba no reflexo. Quilos do peixe a ofegar na arritmia das guelras. O olhar, líquido e ausente, era triste. Virei-me para o homem ao meu lado. Tio Barcolino chorava. As razões só ele. Devia ser um morto muito recente, ainda não sabia desistir, desistir desta vida e habituar-se às águas. Ou ensaiava um ser anfíbio?

Entre consolar o meu hóspede ou ficar no meu canto, mandei-lhe embora, resoluto. Não podia passar com aquilo uma noite sequer. Lugar de morto é no cemitério, como de peixe no mar, e este não é o tio Barcolino.

– É bom o senhor não dormir aqui.

Barcolino não me respondeu, olhou-me simplesmente, agora sem nenhuma dor. Então percebi que ele poderia ter escolhido outra casa qualquer, mas escolheu a minha. Respeitei o sinal e hoje percebo: afinal, eu haveria de escrever esta história, anos mais tarde.

No dia seguinte, acordei com as pancadas de D. Cantarina sobre a porta. Abri.

– Venho buscar o meu morto.

Fomos ao quarto de Barcolino. A cama estava vazia, arrumada, fria.

– Pra onde foi?

– Não sei.

Acordou-se o bairro. Vamos procurar Barcolino! Afinal não dormiu na tua casa? Dormiu, mas não acordou lá. Se calhar vai ver foi no mar. Não, já tem medo do mar. Como sabes? Vi no espelho. No espelho?!... Calei-me, não valia a pena explicar o sucedido.

E assim, entre dúvidas e suposições, passou-se o dia inteiro à procura do pescador, até que apareceu gente a gritar: barcaças, muitas, estavam na praia cheíssimas de peixe. Enquanto corríamos para ver a fartura nos barcos, alguém disse que uma mãe chorava muito triste, acabava de perder o filho recém-nascido.
– Isto é coisa do magumba assado.
– É a troca...
E isto aconteceu nos invernos seguintes, de modo que a estação foi sempre triste no Bairro dos Pescadores, julgo até que continuam tristes, não sei, mudei-me quando soube que a minha mulher esperava um rapaz...

Sonhei com o Barcolino! [...] Aqui não há muita coisa, só pescadores a morrerem no mar quando o Barcolino vai lá. Só a canção do Barcolino a encher os barcos de peixe. Crianças a morrerem quando os botes aparecem na praia...

1
Cantarina

Cantarina teve sempre um sorriso dominical. Desde menina era o bom-dia do bairro, sorrindo com a graça do sol nascente para as senhoras na apanha de amêijoa e caranguejos, o missal no regaço e aos pinchos, indiferente à maresia que abraçava os casebres de Domingo. Nem às gaivotas da maré baixa Cantarina passava despercebida. Mal punha os pés na areia e as aves já batiam as asas e adejavam sobre as pequenas tranças encarapinhadas. Nisso era diferente de todas as crianças do mundo. No mais, nem por isso, também gostava de doces. Às vezes, dava-lhe brincar apenas com meninos, de preferência às escondidas. Até futebol jogou, e tinha uma boneca de pano, a quem cantava, entre as amigas:

A minha boneca de pano
É linda e engraçada
No Domingo faz um ano
O nome dela é Maria
Não chora, nem canta
Mas ela dança pra mim
Assim, assim
Assim, assim, assim.

Foi o seu jeito para o canto que muito admirou o padre José, que obrigou o maestro da paróquia, contra a sua vontade, a des-

tacá-la como única soprano lírico do coral da igreja. Mas o maestro, Ascensão Turudjana, ou simplesmente Mestre Turudjana, nunca engoliu em seco aquela intromissão do padre, logo um estrangeiro, que não conhece nada destas vozes.
– Vozes há em todo o mundo, Turudjana.
– Pode até ser, mas não como a Matilde. Aquela miúda tem cá um soprano do caraças, garanto-te, e essa Cantarina ginga maningue, até parece uma santa.
– Lá que a gaja ginga, lá isso é verdade!
– Mas deixa estar, eu sei como resolver o brócolo.
– Imbróglio, Turudjana, imbróglio.
– Isso, isso aí mesmo.

Na igreja, Cantarina travou sempre uma batalha, ou porque o Mestre Turudjana lhe aprontava uma, chegaste atrasada aos ensaios, hoje deixas a Matilde ficar no teu lugar, ela nunca se atrasa aos ensaios. Mas lá aparecia o padre José a admoestar o mestre. Quando se inscreveu para ser acólita, a Isaura, a coordenadora das acólitas, advertiu o padre para não a deixar entrar no santo grupo, a Cantarina é neta de uma curandeira do bairro e a velha não a quer por nada aqui na igreja ou o padre já não se lembra do dia da primeira comunhão, quando, prestes a receber a hóstia, a Cantarina expeliu pela boca um peixe cobra? Eram três metros de peixe, padre, três metros!

– Não era peixe, minha filha, muito menos cobra. Era simplesmente vómito e estava claro que no dia anterior a Cantarina tinha comido muito peixe.

– Desculpa, padre... – disse Isaura a rir. Mas teve que conter a risada e continuou: – Só o senhor não consegue ver, se calhar no Brasil não há essas coisas, mas aqui há. E depois ninguém come tanto peixe de uma só vez.

– Então o que é que vocês fazem com os peixes desse tal Barcolino?...

A Isaura não respondeu. Só o tempo podia tratar das certezas do padre. Mas imediatamente recordou-se que até o tempo precisa de uma mãozinha, como dizia a avó para a ajudar a ver, hoje, o futuro: – Serás amanhã o que fores hoje, minha neta – dizia-lhe a velha. Por isso insistiu:

– Quando o pai, o tio Desde, fugiu para a África do Sul, ela andava pelas ruas do bairro a chorar atrás do pai. Qualquer pessoa pode testemunhar a loucura.

– Não era loucura, minha filha. Qualquer criança abandonada pelos pais era capaz de sair atrás deles por aí.

– Mas não, padre, ela tinha a mãe...

– Concordo que tinha, mas não tinha o pai...

Mesmo quando quis ser catequista, Cantarina sofreu as investidas até das anciãs da igreja, porque não, essa não tem corpo para essas coisas.

– É verdade, é muita carne, o que vão pensar os catecúmenos?

– Coisas de vergonha, só.

– É isso mesmo, perdem a cabeça e ninguém mais lhes acerta o juízo.

– Não, não e não, padre, se o senhor o permite, tiramos as crianças desta paróquia e o senhor certamente volta para o Brasil.

De modo que Cantarina nunca fez nada na igreja, a sua vida. Desconsolada, aos domingos assistia à missa recolhida no último banco da igreja, ao pé da imagem de Cristo prostrado, pela terceira vez, a caminho do Calvário. Foi aí que decidiu, afligida pelo ultraje da igreja, não fazer parte do coral, nem do grupo dos acólitos, muito menos dos catequistas. Certo domingo, no final da missa, comunicou a decisão ao padre, mas este rogou que a jovem não deixasse o coral, podia desistir de tudo, mas do coral jamais. E mandou o padre chamar o Mestre Turudjana, a quem comunicou a decisão:

– A partir deste momento, a Cantarina é a chefe do coral. Espero que você não se oponha à decisão, a menos que este ano não se importem de não participar no Festival de Canto e Poesia.

O Mestre Turudjana recebeu a decisão e até cumprimentou Cantarina, esta, muito tímida, colada ao padre. Mas como um verdadeiro intrujão, parlapatão, ao sair da casa paroquial, Turudjana decidiu acabar de uma vez por todas com o caso daquela jovem mimada, amiga do padre, que tirava o lugar à Matilde.

Soubesse Cantarina das intenções do Turudjana e poupava-se de mais um desgosto, mas ela não podia sequer suspeitar, inocente de dar dó.

2
Mestre Turudjana

Desde que ouviu, a primeira vez de muitas noites, os gemidos da mãe, no dia em que um marujo atracou à casa com garoupas e corvinas para o jantar, Cantarina decidiu morrer virgem.

Não sabia disto o Mestre Turudjana, mas admirava o facto de a jovem andar sempre sozinha, o missal no regaço, quando as outras já namoriscavam os rapazes da mesma idade. Achou então o Turudjana a forma de desocupar o lugar da Matilde. Convidou um primo, manhoso como o mestre, que se apresentasse à igreja e fosse um papa-missas, e sentas também no último banco de trás, de modo que vejas, condoído, a imagem de Cristo a caminho do Calvário. Bem, este toque final é mesmo meu, o Turudjana não sabia que Cantarina ficava ali a ver a cena. Ele apenas recomendou ao primo o último banco, exatamente porque sabemos que ela sentava aí.

Passados três meses, Cantarina, no princípio muito esquiva, deixava de olhar para o calvário como de viés o rapaz sentado ao seu lado. Até acedia aos dois beijinhos no momento da saudação religiosa, quando, antes, era só a mão que se estendia, tímida e medrosa, como se a entregasse a um algoz. No sexto mês, o jovem já a acompanhava à casa, o Mestre Turudjana atrás, escondido e a matar-se de rir.

Em novembro, o belo rapaz pediu fazer parte do coral da igreja. O Mestre Turudjana, diante do grupo, achou boa a ideia, disse que era capaz de dar uma ajuda no Festival, que já o tinha visto a cantar umas coisas interessantes e por ele estava tudo bem. Pediu-se então ao padre que estivesse na audição do jovem e lá revelou-se, nas palavras do pároco, um rouxinol. O padre aprovou-o e as meninas, incluindo a Matilde, o adoraram. Era um verdadeiro adónis, elas ficavam umas papalvas diante do rapaz.

Antes da participação do grupo no Festival de Canto e Poesia, o Mestre Turudjana sugeriu a tradicional festa de confraternização, dessas que os jovens das paróquias adoram. As raparigas aprovaram rapidamente a ideia, os rapazes nem tanto, pois viam as pretensas namoradas todas de cabeça virada pelo rouxinol. E há sempre um malandro a apagar a luz do salão nessas festas, e quando a luz volta, há meia dúzia de rapazes e raparigas desaparecidos. Pois que não se desse o caso de uma rapariga desaparecer com o intruso. Mas o intruso ignorava estes medos como a todo o olhar ameaçador, uma delicada ironia, uma carta anónima com todas as ameaças do mundo, nem penses em tocar nesta ou naquela, melhor, não toques em nenhuma; se quiseres, podes até ficar com a louca da Cantarina. E era a Cantarina o seu alvo, aliás, sobre isto o leitor já sabe.

Cortejada pelo galante rapaz todos os domingos à saída da missa, Cantarina despertou nas raparigas do grupo coral um ódio agressivo. Sem que ninguém as visse, não perdiam a oportunidade de a cuspir na cara, uma bofetada desta, um pontapé daquela, nem penses em ir à festa, fica na tua casa com a tua avó feiticeira (era curandeira); suca daqui[8], maluca ordinária, feia, burra. Mas Cantarina não chorava, a possível resposta depois de cantar. Contra todas as humilhações, bastava-lhe a alegria daquela maravilhosa companhia, a caminho de casa, uma conversa

---

8   suca daqui: sai daqui.

de coisas tolas e ocas, mas que alimentam o coração de uma ilusão que poucos têm a alegria de viver. A paixão é uma ilusão, mas a única que nos concede o direito de sermos autênticos.

No dia da festa, ninguém acreditou quando viu o intruso e a neta da curandeira, de mãos dadas, entrarem no salão de festas da paróquia. Estava claro, as raparigas perdiam a oportunidade de fugir com o rouxinol no tradicional apagão da sala, como era óbvio que os rapazes montariam guarda junto dos interruptores, para se quebrar a tradição pelo menos uma vez na igreja.

A festa decorria normalmente obviamente com a necessária hipocrisia de todos em relação ao nosso casal – até ao momento em que se deu o corte de energia. Um rapaz gritou – Como assim?!
– Calma, é geral – disse outra voz. Espreitaram pelas janelas do salão e testemunharam: nas casas vizinhas também não havia luz.
– É verdade, é geral – disse outro rapaz, aliviado. Mas, pessoalmente, não entendo em que isso mudava o rumo dos acontecimentos. Nesta história, um corte de energia é sempre um corte de energia. Geral ou particular, para os devidos efeitos – como aliás veremos – é sempre um corte de energia. Mas há que dar vida às personagens. E dar-lhes vida significa, entre outras coisas, dar-lhes incoerência, de modo que haja a distância dramática, trágica e emancipadora entre a cria, o criador e o leitor. Mas continuemos, isto está longe de ser um manual de escrita criativa. De qualquer forma, ainda pensava nisto quando a luz voltou.

Todo mundo arregalou os olhos, as raparigas procuravam o rouxinol, os rapazes a elas. O intruso não estava no salão e elas estavam completas, tirando a Cantarina, que a ninguém interessava. Deduzi, não, deduzimos todos que o intruso e a Cantarina tinham sido os únicos a aproveitarem o apagão para desaparecerem apaixonados, na noite. Mas afinal faltavam mais duas personagens, o Mestre Turudjana e a Matilde, entretanto estes não faziam parte da lista de medos dos presentes no salão. Por isso continuaram com a festa, eu saí à procura dos dois casais.

3
Dona Cantarina, a virgem

Quando se deu o apagão, o primo do Mestre Turudjana arrancou Cantarina do salão e foram meter-se na casa de banho dos deficientes. O jovem encostou a porta e tomou Cantarina nos seus braços. Afagou-lhe as mãos trémulas, medrosas. – Não tenhas medo, só quero o teu bem – disse-lhe. E cantou-lhe loas minutos a fio. Exausta de tanto encantamento, Cantarina cerrou os olhos, fez punhos nas mãos, os lábios tremeram sibilantes e *plash*, deu o primeiro beijo da sua vida.

E gostou.

Tanto gostou que quis repetir o beijo. E repetiu uma vez mais, depois outra. E mais um beijo, assim, de linguada como nas telenovelas. Sentir a fervura no sangue, as pernas ficarem bambas e a calcinha húmida. Era um belo rapaz, educado e sedutor, e ela metia inveja às outras, então podia repetir quantos beijos quisesse, meu Deus!, logo eu, que ninguém gosta de mim, me chamam de maluca, e repetia, repetia a linguada, o sangue a ferver, as pernas bambas, os lábios molhados.

Sempre a repetir-se, Cantarina esqueceu o juramento da infância, pois aceitou quando os dedos amanteigados do intruso tocaram-lhe os peitos dentro da blusa branca de seda. Aí sentiu as coxas bambas e húmidas derrubarem-se no chão da casa de banho. Os lábios já não tremiam, tinham agora um tom afogueado e ela mordia o inferior para não gritar o prazer do pecado. O intruso, por sua vez, fez que sentia também as pernas bambas e caiu por cima da jovem. Abriu-lhe a blusa e admirou a formosura dos montes, e percorreu-os, dos cumes aos sopés, até perder-se na exaustão do gozo. Durante a perdição, Cantarina recordou-se, finalmente, dos arquejos da mãe quando o marujo de garoupas e corvinas vinha visitá-la, mas já era tarde, não conseguia negar, e sentia-se feliz com a descoberta. E tudo culpa ou favor do pai, o tio Desde, que as abandonou porque não nascera pescador e sim mineiro.

Depois do ato, o intruso levantou-se. Tinha um sorriso malicioso. Era o sorriso sem vergonha, e um olhar irónico do homem imaturo. Chico da Conceição cantou: na mulher não se bate nem com uma pétala de rosa. O intruso ainda não sabia disso. Mas aprendeu e da pior forma, veremos adiante.

Cantarina observou-o por instantes, sem entender a graça do seu sorriso, mas não demorou e percebeu a desgraça. Tinha sido enganada. E fora, de facto, pois além das imagens de vídeo que o Mestre Turudjana e a Matilde fizeram chegar ao padre, o intruso desapareceu da igreja, não podia sequer declarar que sim, a enganou, mas que estava arrependido e disposto a reparar o dano com a promessa de casamento.

Cantarina também desapareceu da igreja, envergonhada. Durante os anos seguintes, mesmo no bairro foi pouco vista. Diz-se que andava nos bairros vizinhos a namoriscar com quem lhe oferecesse um sorriso apaixonado. E fazia tudo para os homens deitarem-se com ela, de modo que os gemidos a levassem à memória dos pais entretanto mortos. Foi assim, entre bairros, que conheceu Barcolino, o mítico pescador da Costa do Sol que, ao contrário de muitos, a requestou para casar.

– Você era capaz de ser minha mulher. Quer?

— Você também tem cara de meu marido. Mas não posso.
— O que é?
— Procuro meu homem.
— Já ouvi. Mas esse não fugiu?
— Capaz.
— Então desfaz esse amor; vem comigo!

Quando o bairro soube, protestou e levou o caso ao Secretário, porque não, com o Barcolino é que ela não se casa, é muita desgraça num bairro só.
— Pois é, eles que mudem de bairro.
— Nada, esperem lá, esse Barcolino não é o que faz homem virar peixe?
— Vira-os, depois come. O próprio.
— Então uma mulher talvez que lhe acalme os feitiços...
Discutiu-se o caso sem consenso, até que o próprio Barcolino irrompeu na assembleia:
— Me casem com a Cantarina, só quero o tempo do amor, a minha morte não demora.
— Vais morrer, de vez?
— De vez, por isso quero meu casamento.
— E é daqui a quanto tempo?
— O quê?
— Tua morte.
— Brevemente. Basta o casamento para me acompanhar.
— Depois morres de vez? – insistiram.
— Se ela morrer comigo.
— O quê?! – Vais matar tua mulher?
— Não vou matar Cantarina, ela só vai morrer.
— Explica lá isso.

– Na nossa idade, não se morre sozinho. Na morte o amor revela-se.

O bairro espantou-se, mas não questionou mais nada. A solução estava encontrada e isso bastava para Barcolino morrer de uma vez por todas. Marcou-se então o casamento para o inverno seguinte e durante aquele verão o bairro organizou a festa.

No dia do casamento, o Bairro dos Pescadores festejou num misto de alívio e admiração pela história dos noivos. Só lamentou o facto de não se casarem pela igreja, D. Cantarina não quis. Assim o Barcolino, desta vez, morria abençoado no amor e portanto de vez, disse o bairro, sempre desconfiado das palavras do pescador, e desejou aos noivos muitas felicidades, desde que não tivessem filhos varões, por isso pediam uma morte brevíssima, não queriam testemunhar a chegada de um herdeiro com a sina do indesejado pai.

Com tantos votos, não poderia imaginar o bairro que desde a noite de núpcias Cantarina nunca mais cederia aos prazeres da alcova, facto que aborreceu o marido Barcolino a ponto de o pescador passar a vida mais no mar que em terra. Só entrava em casa quando queria a casa de banho. "As merdas não faço no mar" – dizia trombudo.

Obviamente que o leitor espera uma justificação para o jejum de D. Cantarina.

A coisa começa mesmo no dia do seu casamento. D. Cantarina soube de uma convidada, já a cambalear de bêbada, que o rouxinol da sua vida, o intruso que a descabaçara, acabava de morrer assassinado pelo bairro do outro lado do quintal (teria sido eu a matá-lo, mas fugi do bairro quando o José Adeus me informou). Tinham-no encontrado desrespeitoso, a espreitar pelo gradeamento do muro e a matar-se de rir dos passos desencontrados, dela e do marido, no momento da dança dos noivos.

A morte da única alegria da sua vida, da sua verdadeira paixão, desencadeou o comportamento castiço de D. Cantarina. Azar do Barcolino que paga até hoje o preço dessa mentira, pois só mais tarde viria a saber que o bairro, desejando apagar a memória do engano da mulher, de modo a libertá-la para o verdadeiro amor e assim garantir a última morte do pescador, urdiu uma falsa morte do intruso, pondo fim à vida de um ladrão de barcos que desde algum tempo obrigava os pescadores a velarem na praia.

4
José Adeus

O homem tinha o dom dos sonhos alheios, era capaz de sonhar o já sonhado. Pesadelo era presa leve, de modo que montou um negócio promissor. Só não podia evitar a desgraça, não era curandeiro, apenas certificava se os pesadelos eram verdadeiros, se valia a pena encomendar já um caixão ou um berço, às vezes as bonanças vestem-se de tempestade.

Era o José Adeus. Adeus era alcunha, porque o homem certificava a morte iminente assim, com um simples adeus, a mão no ar, leve, a espanar medos. Então já se sabia, era morte certa. Umas eram mortes alheias, Não, não é você quem morre, é seu vizinho. Outras eram mortes alheadas, Pois é, não é nada seu vizinho, é você mesmo. E isto dava tanta confusão que todos no bairro acorriam à casa de José Adeus para certificar os alvos do infortúnio. Não demorou e aquilo virou obsessão, alguns enlouqueceram mesmo. Imaginavam as próprias mortes e suspeitavam:

– Não, não, não... foi o sonho de ontem, quase me esquecia, vou ter com Adeus.

Se o chefe do quarteirão determinasse uma multa à família que não participasse na campanha de recolha de lixo na praia, alguém suspeitava:

– Ele nos sonhou, mas não quer dizer, vamos ao Adeus.

De modo que todo mundo, tendo ou não sonhado, acorria à casa de José Adeus para se certificar:

— Não, isso você não sonhou, tem que pagar a multa, eu estava lá e ouvi quando o chefe disse.

O espanto geral deu-se quando cães começaram a assomar à porta de José Adeus. O bairro não quis acreditar, eram latidos durante toda a noite e no dia seguinte lá estavam os rafeiros em fila, à porta do homem. Aí chamaram-no todos os nomes.

— O que é isto?!

— Esse gajo é feiticeiro.

— Quer nos roubar os cães.

— Pois é, dizem que há muita carne de cão à venda nos mercados, o tipo arrumou o negócio.

O bairro todo se mobilizou e foi à casa de José Adeus pedir satisfações. Chegaram e rebentaram a porta do quintal. Encontraram o homem sentado à sombra de uma mangueira frondosa, de olhos fechados.

— De certeza nos sonhaste que vínhamos — disse uma voz e seguiu-se um coro afirmativo.

— Queremos saber dos cães... — concluiu um cego, agitando, nervoso, uma coleira na mão direita.

José Adeus abriu os olhos mas não disse uma única palavra. Ouviu-se o ranger da porta que dava ao consultório do homem. Foi um guincho prolongado e depois o silêncio. Os olhos ficaram presos na porta, expectantes, e viram finalmente assomar Barcolino, alto e entroncado, o tronco curvado e os braços enormes e cansados arrastando-se no chão de areia.

— Esses cães não sonham, veem gente sair do mar com botes cheios de peixe, gente que o mar levou.

— Mas nós fizemos as cerimónias, Barcolino!

— Mas os mortos continuam lá.

— E essa dos cães aqui, no Adeus?

— É para onde vêm os mortos, quando saem das águas.
— Os mortos também no Adeus?!
— Também sonham.
— Você Barcolino já está maluco, que história é essa?
— Essa é a história do nosso bairro, agora façam o favor de deixar esse homem em paz.

O bairro abandonou a casa de José Adeus sem protestar, sem mesmo perguntar o que fazia ali e àquela hora o próprio Barcolino. Mas eu conto.

Foram os pesadelos. Barcolino sonhou, três noites seguidas, que morria no mar após o casamento. Decidiu então visitar José Adeus e contar-lhe o sonho. Dorme aqui esta noite, avisou o homem dos sonhos. No dia seguinte, antes de se colocar meditativo debaixo da mangueira, José Adeus disse-lhe:

— Também sonhei o teu sonho, mas há um problema. Só não sei qual é o problema... Isso não é apenas um sonho.

— Não estou a entender!

— Você não vai morrer, mas também não vai viver, por isso não há nada a fazer.

E assim calou-se José Adeus, virou-se e foi sentar à sombra da mangueira. Era um homem de estatura baixa e vestia-se sempre de preto. Mas este hábito é recente, resultado de muito sofrimento. Antes eram todas as cores, mas desde que começou a meter-se em sombra alheia, passou a vestir-se de sombras. Primeiro foram os tons cinza e agora o preto. O mais estranho é o tom da pele, também mudou, escura do corvo. Às vezes é um homem assustadiço de dia, por isso raramente sai de casa. Quando ousa, é sobretudo à noite, de modo que ninguém o veja, e vai banhar-se na praia, nu, deixando apenas um amuleto pendurado ao pescoço para amainar os espíritos que no mar jazem. Não gosta do espelho, em casa partiu

todos quando viu a morte à sua imagem e semelhança, disse-me e garantiu, em tom de ameaça, que disso jamais alguém soube.
— Conto-lhe porque o senhor é muito calado.
— Mas então quer dizer que o senhor pode ser a morte em pessoa?!
— Exatamente, mas não tenha medo, só um morto pode ver outro morto.
— Quer me dizer alguma coisa?...
— O que você acha?
— Eu não estou morto.
— Como é que você sabe?
Fiquei calado, a ouvir apenas.
— Você acha que há assim tanta gente no mundo? Não há. O mundo está cheio de sombras. Os vivos são muito poucos, pouquíssimos até. A morte, essa sim, anda ao pé e além, e sorri e chora, e come e dança, e faz filhos até, seus filhos, sombras que desaparecem sem rasto. Só um morto pode ver outro morto. Mas diga, conta-me o sonho.
— O sonho?!
— Claro, para vir aqui você deve ter um sonho.
— Ah, sim...
E contei-lhe o meu sonho, sonhei a estripar um homem com uma faca de mariscar.
— É verdade, você é um assassino!
— Eu não sou nenhum assassino.
— O que eu quis dizer é que esse sonho é real, acontece no dia do casamento desse que acaba de sair.
— Eu mato o Barcolino?!
— Nada disso, esse ninguém mata, nem ele se suicida sequer, é outra pessoa.

— Quem?!
— Vai acontecer, não tem como evitar, aí você vai saber.

Mas eu não queria saber nada daquilo, ainda pedi uma solução, mas José Adeus repetiu que a solução era mesmo aquela. Para evitar a desgraça iminente, mais minha do que do tal desconhecido, mudei-me do Bairro dos Pescadores. Mas não estou muito certo disto. De que mudei-me do bairro. Simplesmente não estou certo. Também não sei se não fui eu a matar o tal sujeito. Ou se o sujeito não sou eu.

5
Alfredo, o impróprio

Primeiro duvidou, não, não foi sonho, foi apenas pensamento. Depois foi a certeza, é bom fingir foi sonho, assim tiro a dúvida no Adeus de uma vez por todas.

Assim decidiu Alfredo visitar José Adeus e contar o sonho com o pescador. Sonhei com o Barcolino! Desde que estou no bairro sonho com esse tal Barcolino. Com o Barcolino não se pode sonhar, Alfredo; por que você fez isso? No sonho a gente não manda. Você tem que pensar outras coisas. Aqui não há muita coisa, só pescadores a morrerem no mar quando o Barcolino vai lá. Só a canção do Barcolino a encher os barcos de peixe. Crianças a morrerem quando os botes aparecem na praia... Está certo, é bom você dormir comigo, quero ver esse teu sonho.

No dia seguinte, José Adeus não tinha dúvidas, aquele era um sonho verdadeiro, o Alfredo que se preparasse, tivesse muita coragem ou se suicidasse, porque diante dos factos, estar morto era até uma bênção.

– E deixar minha mulher?!
– Sim, – disse José Adeus – diante dos factos, até é melhor – concluiu.
– E meu filho?!
– Diante dos factos, sim, também.

Alfredo meditou uns minutos, no fim disse:
– Não, não aceito, é preciso mudar esse sonho.

– Pois é, então adeus!
– Não, eu não quero morrer, José!
– É a solução.
– Tem de haver outra.
– Impossível, ou você morre ou paga o mal à Cantarina, e dá no mesmo.

Alfredo não cabia em si de nervoso; pior era o medo, as mãos começaram a tremer, porque não, aquilo foram coisas da juventude, o destino não podia culpá-lo por isso, a culpa é do primo, o Ascensão, ele é que me obrigou a enganá-la. Pois é, mas enganá-la dependia apenas de ti e o Barcolino acha que paga até hoje o preço de uma juventude roubada. Bem vistas as coisas, todo o bairro paga o preço do mal que fizeste à Cantarina. E o que devo fazer agora? Suicida-te ou prepara-te para o que vem, disse José Adeus pousando a mão no ombro de Alfredo. E como eu disse, dá no mesmo, concluiu.

Primeiro foi a mulher, senhora devota, legionária de Santa Maria e rendeira, um exemplo de virtude. Ao invés de receber as raparigas do bairro e ensiná-las a fazer *napperons*[9], passou a dormir com todo o par de calças que lhe aparecesse à frente. Até aí a coisa corria à boca pequena, mas quando dormiu com o mendigo louco do Mandrique, na praia, sob o olhar compassivo da lua, a nova correu o bairro todo.
– Mas é ela mesma?! – espantaram-se as vizinhas.
– Sim, é ela – eu confirmo.
– Então a minha filha não põe lá mais os pés.
– Concordo com a senhora, comadre.

---
9   napperon (Fr.): pano bordado.

– É isso mesmo, para coisas de vergonha já nos bastou a Cantarina, e olha que ainda não nos esquecemos, e agora nos aparece esta?
– É demais, coisas de vergonha são coisas de vergonha, agora coisas de loucura são outras coisas.
A notícia chegou aos ouvidos de Alfredo, mas o homem não se perturbou, o que ninguém entendia. Vai ver deve estar a ficar maluco, homem que é homem não fica parado neste caso; até com o Mandrique!?
Perguntaram-lhe o motivo da ausência, Alfredo apenas devolvia o silêncio:
– A vida é de quem?
– É tua, Alfredo, mas aqui no bairro, pescam um, capaz de pescarem todo mundo, por isso quero saber essa rede é de quem?
– Não é rede, me lançaram um anzol, portanto o único pescado sou eu.
– Quem?
– Quem o quê?
– Que te lançou o anzol?
– Barcolino.
– Barcolino?!
– Esse mesmo.
– A razão?
– É preciso recuar muito para entender, mas não adianta tanto esforço, apenas espero a história.
– Qual história?
– Da minha vida, essa da louca da minha mulher.
– Mas você não faz nada?
– Já fiz, plantei ventos, agora espero os lamentos.
Depois foi o único filho. Dado ao lançamento de redes e

construção de barcos, passou a ser visto na companhia de jovens estrangeiros do bairro. Vestia calças muito justas e camisetes berrantes justíssimas. A pasta de costas foi trocada por um saco de palha de muitas cores pendurado no ombro esquerdo, e rapou o cabelo, dando destaque a dois brincos enormes, e ganhou muita simpatia, na forma de falar e no jeito de andar. Alfredo viu tudo isto mas ficou calado. Voltaram a perguntar o motivo da ausência, mas Alfredo apenas devolvia o silêncio:

– A vida é de quem?

– Já dissemos é tua, Alfredo, mas aqui no bairro, pescam um...

– É isso, Alfredo, esse miúdo já nem vai no mar, agora só faz fotos nas ondas.

– Pois é, é para exposição dele, é fotógrafo.

– Que exposição, Alfredo, o mar não se expõe, a gente se expõe nele e pronto.

– É isso, Alfredo, quem quiser ver o mar que vá ao mar.

– Deixem o meu filho em paz!

– Ok, deixar a gente deixa, mas o gajo que não se meta com os nossos.

Alfredo ouviu a ameaça e, pela primeira vez, a sua imaginação vestiu luto. Decidiu falar com a mulher e o filho, que parassem com aquelas brincadeiras que só envergonhavam a família, o bairro está a falar, querem vos dar porrada, vão nos interditar a rua da igreja, da padaria e do mercado. A ti expulsam-te da escola e tu, mulher, o monhé[10] não te vende nem linhas nem agulhas.

Mandaram-lhe passear:

---

10   monhé: comerciante de origem indiana ou paquistanesa. (designação depreciativa)

– Esta é a nossa vida, vamos viver do nosso jeito – disse o filho.
– Está bem, mas longe da minha.
– Isso significa o quê? – perguntou a mulher.
– Vão-se embora, rua da minha vida!
Riram-se, disseram que a casa era de todos.
– Aí é que se enganam, os blocos, o cimento e os pedreiros paguei.
– Pois é, mas quem te cozinha e quem você come?
O filho riu-se e perguntou:
– O senhor me expulsou pra este mundo porquê?
Alfredo calou-se e abandonou a discussão. Saiu de casa em direção ao estaleiro Tchapo-tchapo, chamou uns pedreiros, os mesmos que ergueram a casa, e deu sumárias ordens. No dia seguinte areias e blocos, cimentos e ferros foram descarregados no quintal. Os móveis da casa foram retirados, as obras começaram.

A mulher e o filho espantaram-se, pediram satisfações. Alfredo explicou tudo. Não aceitaram, mas disseram que sim e esperaram a conclusão da obra. Quando os pedreiros terminaram, os móveis foram divididos entre dois mundos, e deu-se então o problema. O televisor. Aí a mulher não gostou.

– Alfredo, novela é assunto de mulheres.
– Eu sei, mas o futebol é assunto de homens.
Instalado o problema, a mulher resolveu dar queixa, foi à Polícia:
– Bom dia, senhor agente.
– Bom dia.
– O senhor já foi a Berlim?
– Berlim?!, não.
– Eu também não, mas sei de um muro.

– Ah, sim, eu também sei...
– Pois é, está na minha casa.
– Como assim?!
– Assim mesmo, meu marido trouxe esse muro lá pra casa, dividiu-nos, ele de um lado, nós do outro.
– Mas esse seu marido não está maluco?!
– Parece, por isso vim dar queixa.
– Queixa dada, vamos prender, mas... como é que vivem, então?
– Friamente, mas o que ele quer do mundo grita, nós também.

A Polícia teve mesmo que intervir, ameaçou prender o homem, mas Alfredo negou, prometeu guerra até à Polícia. Diante dos factos, chamaram os serviços de psiquiatria e, depois de muita discussão, vestiram-no uma camisa de forças. Levaram-no. A mulher e o filho festejaram, iam derrubar o muro e ver a telenovela à vontade. O bairro também fez festa, sem o Alfredo por perto, podiam escorraçar a família. Mas eu não podia aceitar tamanha injustiça, logo eu, que quase o matei. Aquele internamento era também uma morte. Sim, porque o Alfredo, o intruso, parlapatão e rouxinol que desgraçou a Cantarina, dado como louco, era, ali, diante de mim, um homem morto. Por isso fiz de tudo para o impedir. Disse que o único louco ali era o próprio bairro ao não permitir a um chefe de família pôr ordem na sua própria casa. Loucos eram a mãe e o filho por não aceitarem que todas as famílias têm de que se orgulhar e de que se envergonhar aos olhos do mundo, e que por isso deviam proteger a integridade mental do marido e pai, porque aquele homem estava bem de saúde.

– Ok, pelo ouvido, você é outro que não pertence a este bairro – disse uma voz.

Todos concordaram.

– Quem entende de loucos, louco é – disse o Secretário do Bairro, sem tirar os olhos dos peitos da mulher do Alfredo.
– É isso mesmo, chefe. Então rua você também. Sai. Vai-te embora. Não te queremos ver mais aqui.

Empurraram-me, uns com pedras na mão, à espera de mais uma palavra, uma palavrita apenas, um murmúrio, mas que eu não disse. Virei-me, dei costas à população e abandonei o Bairro dos Pescadores.

Epílogo

Despertei, numa manhã de inverno, com uma chamada telefónica do Alexandre Chaúque, e uma pergunta intrigante:
– Sonhei contigo. Essa história do Barcolino é real?
Fiquei calado uns minutos. Insistiu:
– Essa história do Barcolino é real?
– Chaúque... E se eu te disser que acabas de me despertar desse sonho?
Ficou calado, mudo.
– Chaúque..., – chamei.
– Sonhei que escrevias sobre esse Barcolino.
– Eu sonhei com ele, Alexandre...
– E agora?
– Agora o quê?
– Vais escrever?
– Não.
– Porquê?
– Não sei.
– Escreve.
– Porquê?
– O mundo precisa...
– ... de uma bela tristeza.
Agora ficamos calados os dois. Desligamos sem mais uma palavra. Estava claro, aquilo era real.
Levantei-me e fui à praia da Costa do Sol. Vi as vendedeiras de magumba assada, os barcos na margem dançavam a maré baixa, as gaivotas voavam entre pequenas ilhas, instantâneas, e os pescadores lançavam as redes. Fiquei largos minutos olhando o

horizonte nebuloso. Depois fui ao Bairro dos Pescadores. Perguntei, por acaso, se havia ali um bar chamado Parte Incerta. Havia. Indicaram-me o caminho. Enquanto me dirigia ao bar, decidi arrendar um quarto no bairro.

O Autor

LUCÍLIO ORLANDO MANJATE nasceu em Maputo, capital de Moçambique, em 13 de janeiro de 1981. É formado em Linguística e Literatura pela Universidade Eduardo Mondlane e é professor de Literatura na Faculdade de Letras e Ciências Sociais da mesma universidade. É membro da Associação dos Escritores Moçambicanos (AEMO) e da Sociedade Moçambicana de Autores (SOMAS). Participa de eventos internacionais, como jornadas literárias e outros encontros culturais. Escreve matérias para jornais, revistas e livros, alguns premiados, como *Os silêncios do narrador*.

Em seu livro *Antologia inédita – outras vozes de Moçambique*, organizado com o escritor também moçambicano Sangare Okapi, divulga escritores da nova geração moçambicana.

Obras

- *Manifesto*. Maputo: Telecomunicações de Moçambique, 2006.
- *Esperança e certeza 2 – Contos*. Maputo: Associação dos Escritores Moçambicanos, 2008. (coorganizador)
- *Era uma vez...* Maputo: Associação dos Escritores Moçambicanos, 2009. (coorganizador)
- *Os silêncios do narrador*. Maputo: Associação dos Escritores Moçambicanos, 2010.
- *O contador de palavras*. Maputo: Alcance, 2012.
- *A legítima dor da Dona Sebastião*. Maputo: Alcance, 2013.
- *Antologia inédita – outras vozes de Moçambique*. Maputo: Alcance, 2014. (coorganizador)
- *Literatura moçambicana – da ameaça do esquecimento à urgência do resgate*. Maputo: Alcance, 2015. (coautor)
- *O jovem caçador e a velha dentuça*. São Paulo: Kapulana, 2016. [Série Vozes da África]

Prêmios

- 2006 – "Prémio Revelação Telecomunicações de Moçambique":
  - *Manifesto* (2006).
- 2008 – "Prémio 10 de Novembro": *Não me olhe com tanto ouvido boquiaberto*, romance posteriormente publicado com o título *Os silêncios do narrador* (2010).
- 2017 – "Prémio Literário Eduardo Costley-White": *Rabhia*.

fontes	Metropolis (Chris Simpson)
	Passion One (Fontstage)
	Seravek (Process Type Foundry)
	Gandhi Serif (Librerias Gandhi)
papel	Pólen Bold 90 g/m²
impressão	Prol Gráfica